苅田澄子／文

原任職於出版社，成為自由編輯之後，在兒童文學作家小澤正先生門下學習創作童話。

繪本作品有《年糕去澡堂》、《年糕去海邊》（道聲）、《大佛運動會》（小光點）及《氣呼呼的餃子》（日本佼成出版）、《地獄拉麵店》（日本教育畫劇）、《內褲一街》（日本金之星社）、《納豆媽媽》、《稻米幼兒園》（日本講談社）等。另著有橋梁書《俳句商店街》（日本偕成社）等。

北村裕花／圖

多摩美術大學畢業。2011 年以《飯糰忍者》（步步）獲得講談社繪本新人獎佳作。出道作品為《賽跑、賽跑》（講談社）。

代表作有：《水煮蛋電車》（日本交通新聞社）、《飛天奶奶》（日本小書房）、《搯搯屁股》（日本 BL 出版）、《壽司乘船流流流》（日本愛麗絲館），還有從 NHK E 電視廣為人知的「洋子妙語」節目輯錄而成的《洋子妙語》（講談社）等。

© **男爵薯國王和五月皇后**　　　　　　　　　　2020 年 3 月初版一刷

文字／苅田澄子　繪圖／北村裕花　譯者／米雅　責任編輯／蔡智蕾
美術編輯／江佳炘　發行人／劉振強　出版者／三民書局股份有限公司
地址／臺北市復興北路 386 號（復北門市）　臺北市重慶南路一段 61 號（重南門市）
電話／ (02)25006600　網址／三民網路書店 https://www.sanmin.com.tw
書籍編號：S859141　ISBN：978-957-14-6790-0

TABERU NO DAISUKI YOMIKIKASE EHON DANSHAKU-OU TO MEEKUIN-JOOU
© Sumiko Kanda / Yuka Kitamura 2018
Original Japanese edition published by KODANSHA LTD.
Complex Chinese publishing rights arranged with KODANSHA LTD.
through AMANN CO., LTD.
Complex Chinese translation rights © 2020 San Min Book Co., Ltd.
ALL RIGHTS RESERVED.

男爵薯國王和五月皇后

文 苅田澄子　圖 北村裕花　譯 米雅

三民書局

你們知道嗎？
地底下有很多蔬菜王國唷！
有白蘿蔔國、紅蘿蔔國、
番薯國和芋頭國等等。

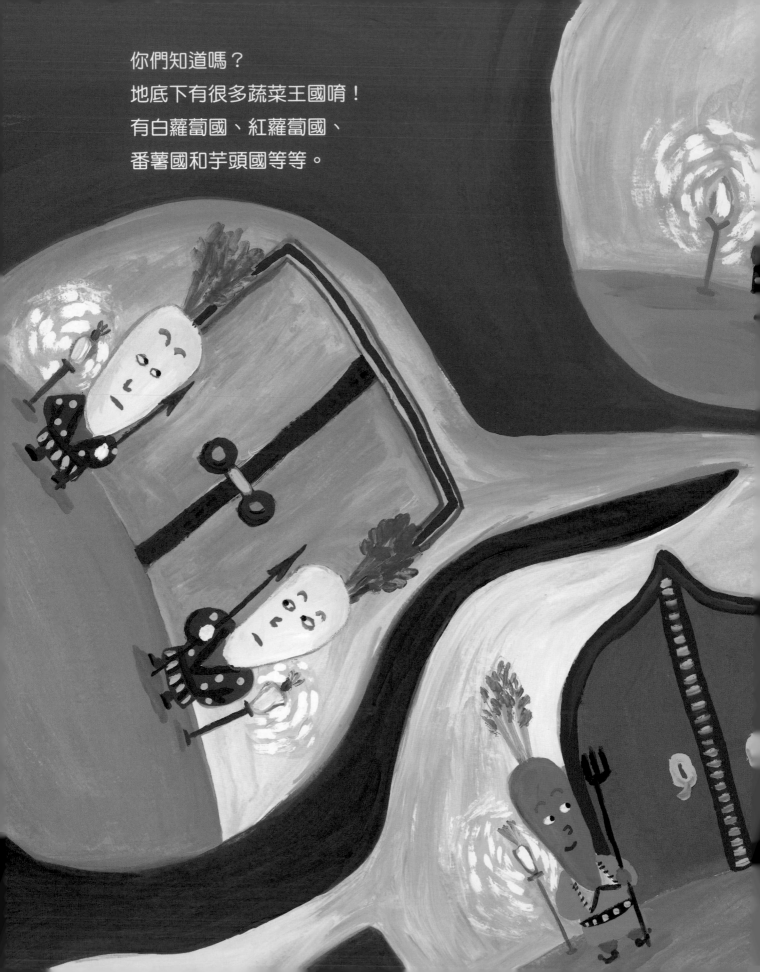

這裡是馬鈴薯國。
這個國家的國王
名字叫做男爵薯國王，
他長得很強壯，外表凹凹凸凸。
「嗯哼！我是馬鈴薯國
最有看頭的國王！」

這個國家的皇后是五月皇后，
她長得很修長，皮膚滑溜溜。
「哼喲！我來自英國，
跟其他的薯類可不一樣唷！」

他們倆
明明住在同一座城堡裡，

可是，不管是睡覺、

散步，

還是吃飯，都不在一起。

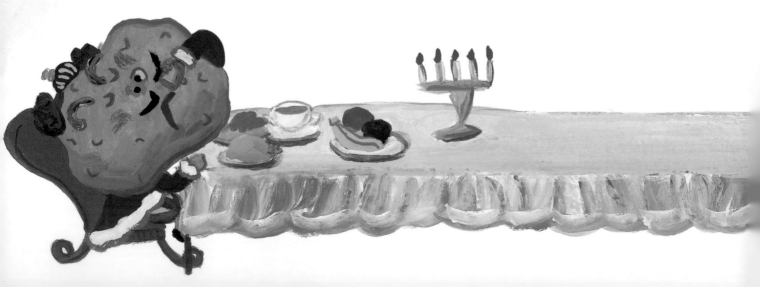

「哼！
那麼做作，
誰要跟她一起散步！」

「哼喲！
那麼自大，
誰要坐在他的旁邊！」

不過，話說回來，
男爵薯國王和五月皇后都有一個相同的願望。
「希望有一天能成為咖哩飯的材料！」
他們倆每個晚上都會這樣祈禱。

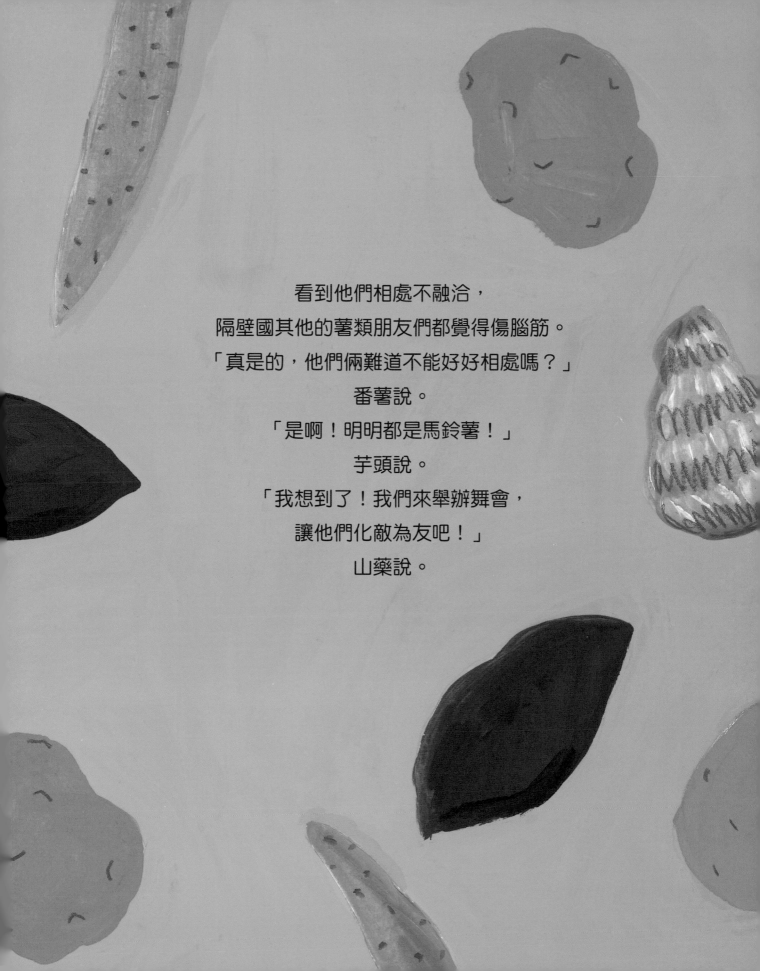

看到他們相處不融洽，
隔壁國其他的薯類朋友們都覺得傷腦筋。
「真是的，他們倆難道不能好好相處嗎？」
番薯說。
「是啊！明明都是馬鈴薯！」
芋頭說。
「我想到了！我們來舉辦舞會，
讓他們化敵為友吧！」
山藥說。

蔬菜王國的成員
都被邀請來參加舞會。

♫馬馬恰恰——　　鈴鈴恰恰——
　　　馬馬恰恰——　　鈴鈴恰恰——

「五月皇后這麼不會跳舞，
再這樣下去，根本沒機會變成好吃的咖哩飯！」
男爵薯國王說。
「男爵薯國王比我更不會跳！
你才絕對沒機會變成咖哩飯呢！」
五月皇后回嘴。

「你說什麼?只要把我煮一煮,
我就會變得鬆軟綿密,好吃無比!」
「哎喲!不管怎麼燉煮,
我都不會變形,永遠都這麼美麗!」
薯類朋友們都拿他們倆沒辦法。
「真是的,計畫失敗了。」

有一天，
男爵薯國王在泡澡的時候，突然覺得不太對勁。
「咦？我的身體好像變得鬆垮垮的……」

五月皇后照鏡子的時候，
也皺起了眉頭。
「哎呀！我的臉
好像變得皺巴巴的……」

沒多久，他們倆
一個皺，一個垮，越來越嚴重！
不只頭上冒出一根根的芽，
連腳下也長出一條條的根！
「哎呀！討厭！整張臉都是皺紋，
當不了咖哩飯的材料啦！」
五月皇后在鏡子前
努力做臉部體操。

「不妙！身體這麼不結實，
可當不了咖哩飯的材料啊！」
男爵薯國王開始認真健身。

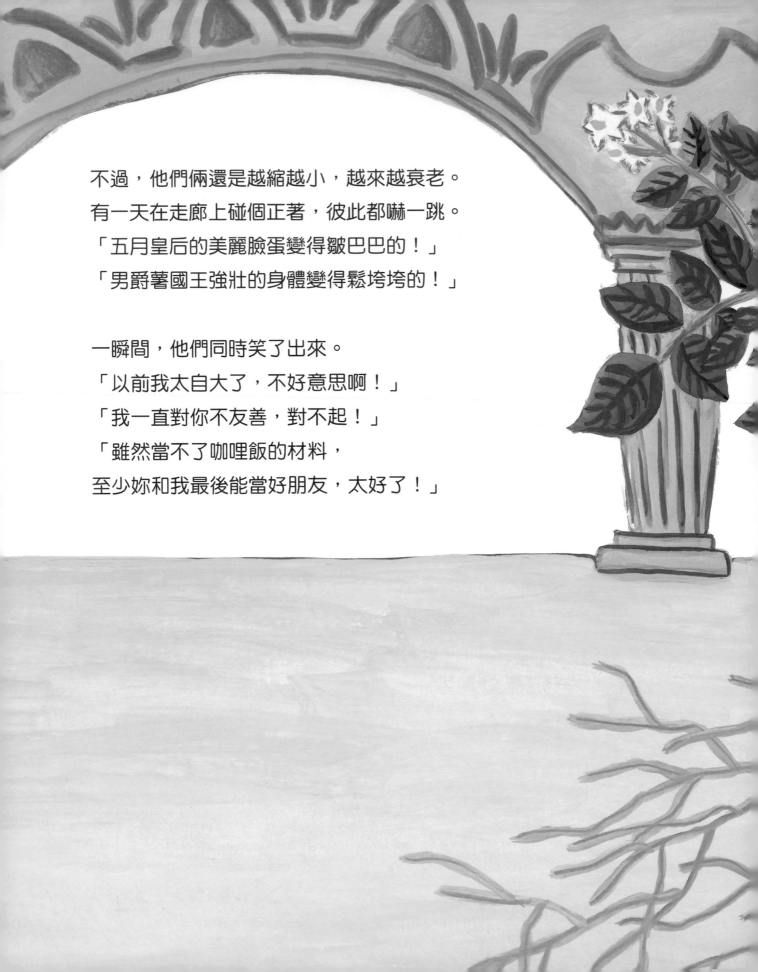

不過，他們倆還是越縮越小，越來越衰老。
有一天在走廊上碰個正著，彼此都嚇一跳。
「五月皇后的美麗臉蛋變得皺巴巴的！」
「男爵薯國王強壯的身體變得鬆垮垮的！」

一瞬間，他們同時笑了出來。
「以前我太自大了，不好意思啊！」
「我一直對你不友善，對不起！」
「雖然當不了咖哩飯的材料，
至少妳和我最後能當好朋友，太好了！」

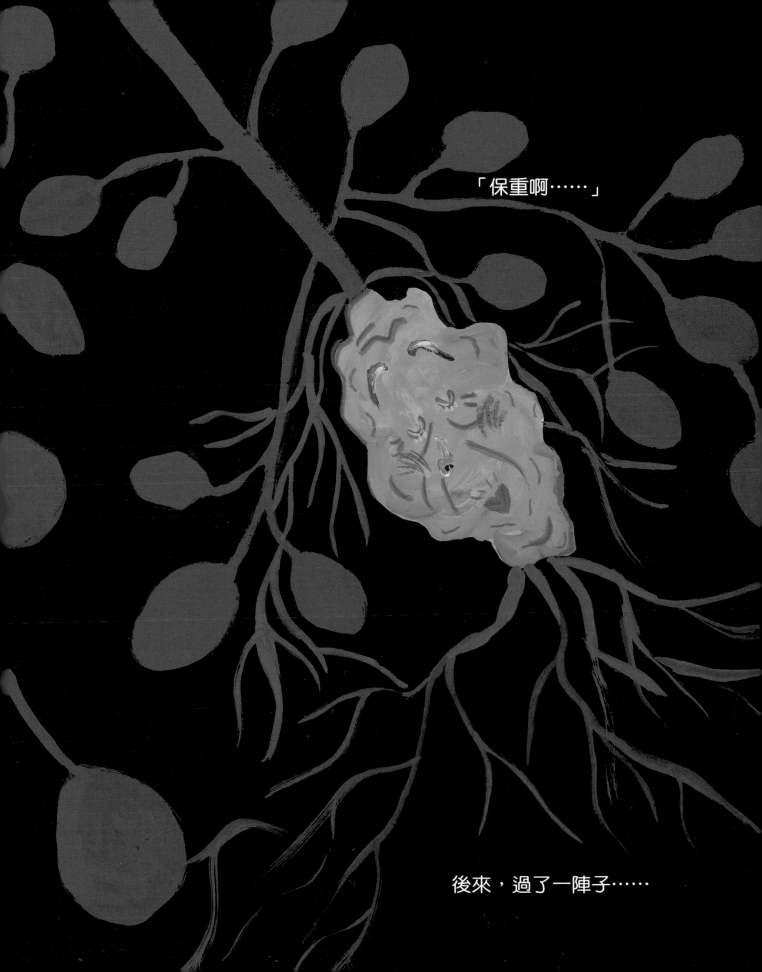

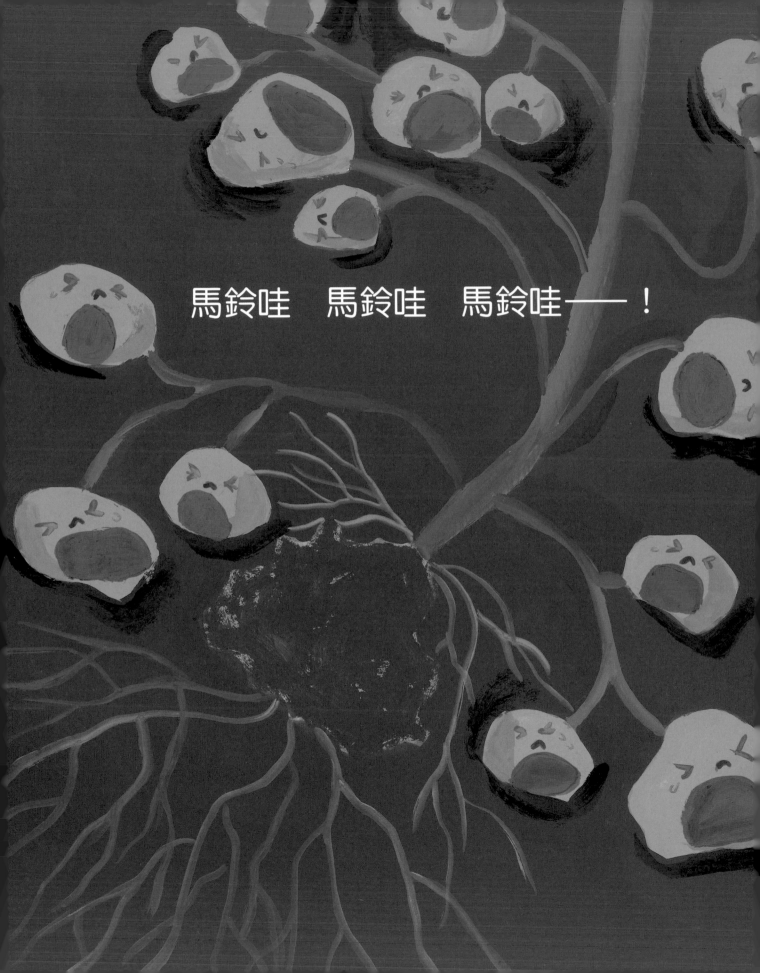

馬鈴哇　馬鈴哇　馬鈴哇——！

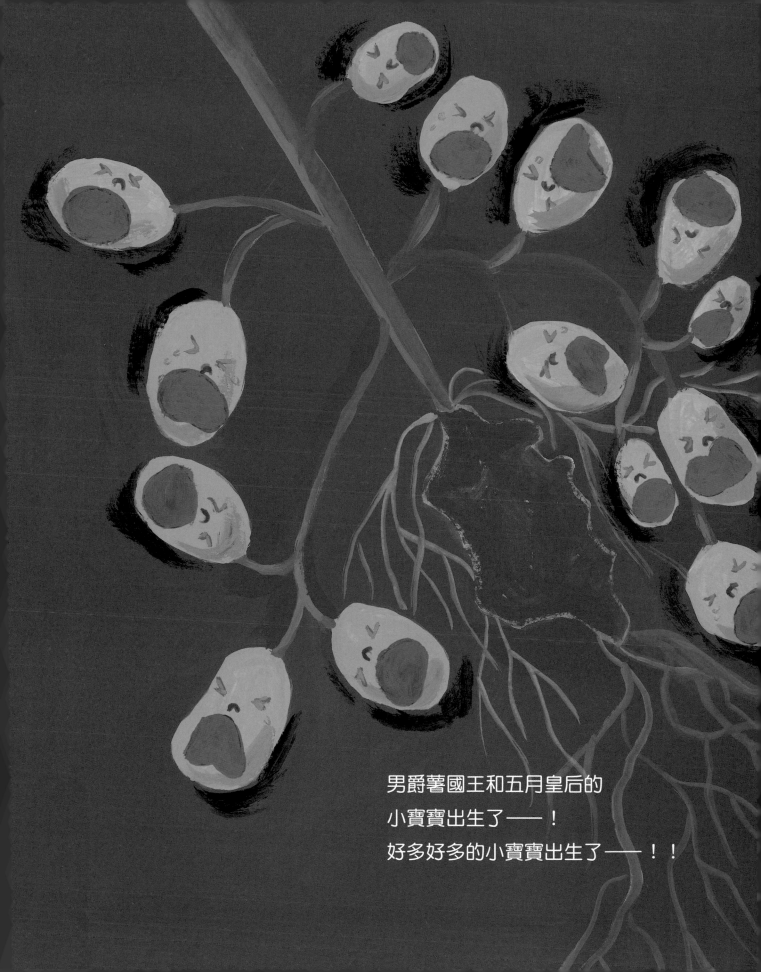

男爵薯國王和五月皇后的
小寶寶出生了——！
好多好多的小寶寶出生了——！！

從小小的變得大大的，馬鈴薯寶寶長啊長，
不久就變成好多的男爵薯國王和五月皇后。

「來吧！準備出去囉！」
「三、二、一！」

終於成為咖哩飯的材料了！
男爵薯鬆鬆軟軟好滋味，
五月皇后滑滑嫩嫩外形美。

男爵薯也好，五月皇后也好，都是馬鈴薯家族的一員，
要和平相處唷！

馬鈴薯是救命薯！

北明、印加的覺醒、紅月、北海黃金、瑪蒂達……你知道這些是什麼東西的名字嗎？

它們全都是馬鈴薯唷！馬鈴薯有很多種類，在日本主要的兩大系統是「男爵」馬鈴薯和「五月皇后」馬鈴薯。

男爵馬鈴薯原產於美國，會取這個名字，是因為 1907 年左右，北海道的農場主人川田男爵將它引進日本。男爵馬鈴薯非常適合用來製作鬆鬆軟軟的美味可樂餅和薯泥沙拉。

五月皇后就是「五月的女王」之意，1917 年左右從英國引進日本。五月皇后馬鈴薯黏性佳，燉煮之後仍能保持良好外形，因此經常被拿來燉肉或煮湯。

馬鈴薯不是從種子種出來的，而是由「種薯」種植而成。將種薯埋到土裡，它首先會冒芽、生根，接著長出許多葉子，然後開花。在地底下，叫做「地下莖」的莖會一直伸展，最前端的地方會膨大變圓，最後變成馬鈴薯。由於種薯會供應養分給長出來的馬鈴薯，所以自己會變得小小皺皺的。一個種薯可以生出十個以上的馬鈴薯唷！男爵薯國王和五月皇后真是多子多孫啊！

馬鈴薯非常營養，富含維他命 C、鉀、膳食纖維等營養素。由於它耐寒也抗旱，其他植物全軍覆沒的時候，它仍然可以長得好好的，因此拯救過無數的生命，有「救命薯」的封號。

咖哩飯、焗烤類料理、炸薯條……馬鈴薯做成的美味料理數不完！不管是鬆鬆軟軟的，還是綿密細緻的馬鈴薯，要多吃一點唷！